悲伤的人不要相遇

李麦花 著

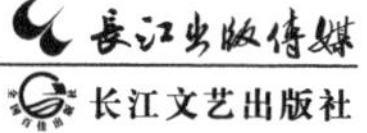

长江文艺出版社

我没有到过草原

不能遇见一匹白马

李麦花

70后，河南新县人。诗歌发表于《诗刊》《当代·诗歌》《扬子江诗刊》《星星》《诗潮》《诗选刊》《作品》《草堂》等，入选多个年度选本。“麦花唱诗”主理人。现居惠州。

目　录

卷一　黄金时代

卷二　自留地

卷三　悲伤的人不要相遇

卷四　夜晚的灯

卷五　一本诗集

卷 一

黄金时代

两把椅子

我有两把竹椅子
放在远离房子的一角
树下
白天黑夜都在
下雨也在
我总是固定坐一把椅子
好像它更能承载我
其实不是
另一把空着的椅子在
会减轻孤独
有时我从屋里的窗户看过去
孤独就多了一倍

新的一天

每天早上
一醒来
我就走出屋子
到院子里去看看
睡莲有没有再开几朵
莲雾的花苞大一些了吧
辣椒黄瓜可以摘了吗
对于一个不出门的人
我需要参照它们的生活
模仿它们
开始我新的一天

我的早上

早上醒来，会有
一系列的事
把孩子送去学校
把老公送到门外
去菜市场，买菜
回到家，拖地
晾衣服，去院子里
打理一番小花园
一身汗，回到屋里
洗澡，换衣服
坐下。不，有时候
不穿衣服，在房子里走来走去

黄金时代

傍晚的时候
太阳从楼丛缝隙照射过来
落在那些高的树尖上

我走出屋子
坐在树下
像藏在一层薄薄的黄金之中

风一阵阵吹来
每一阵都是新的
把我坐的竹椅吹旧了

我的面前还有一把
并没有另外的人要来
它空着

我坐在那儿读萧红
读到“这不正是我的黄金时代吗”
念出了声

莲雾与女人

提着一篮子莲雾的女人
走过来了
从莲雾树下

莲雾新鲜甜蜜
她的笑容也甜蜜
风吹动她的裙子，也甜蜜

她刚刚抱着那棵莲雾树
用力地摇
熟透的果子
哗哗啦啦地落了下来

现在她提着装满莲雾的篮子
走了过来
她刚刚吃过一颗莲雾
水汪汪的
像一枚冒水的莲雾

女人和茉莉

她给茉莉花枝浇水的时候
几朵茉莉落下来了
落在那些刚刚滴落在地上的水上面
这比落在那热得发烫的地面上，让她心安
她蹲在那里静静地看
轻轻地嗅
一种淡淡的清香
她不确定
是不是有一部分是从自己身上散发出来的
她看了一会儿
给它们拍照
然后又翻着
看了一会儿照片
把它们捡起来
放回屋里，用一个透明的玻璃杯
加上热水泡着
这是一个茉莉花坠落的中午
这是一个茉莉在屋子里持续发出幽香的日子

木　瓜

一年中的大部分时间
我对着院子里的两棵木瓜树发呆
看木瓜树慢慢长高
看木瓜慢慢长大
现在，最后的几颗木瓜也熟了
我决定把它们留给鸟儿们
这些木瓜蓄满了风、阳光和雨水
也收藏了我太多未言说的话语
当一只黑斑雀落在上面
一下一下地啄
它们发出叽叽、叽叽的声音
如果你听到
其中的一声，你也听得懂

木瓜诗会

有一年，中秋的下午
我们在一棵木瓜树下
坐下来
读诗
枝头的木瓜正在成熟
我把一个废弃的木板
用颜料涂抹，制作一张海报
挂在木瓜树身上
举起我们的旗帜
那时阳光还很温暖
鸟儿们聚集在枝头
我们轮流着
一个人读完，另一个人就站起来
木瓜正在成熟
木瓜树下的我们正在掏出自己的果子
希望有一颗熟的果子
能被鸟儿们叼走

我能给与你的越来越少

天亮哦，起床哦
每天早上我叫你
捏下你的小脸，饱满，透亮
呀，又长长了哦，你就咯咯地笑起来，闭着眼
呀，昨晚又做美梦了哦
你又咯咯地笑，慢慢地睁开眼睛
看，这是新的一天，孩子
我却没有新的东西分享与你
我能给与你的东西越来越少
除了告诉你这是新的一天
除了雨过天晴
遇见阳光洒进树叶里
我牵着你的小手，停下来，抬头注视会儿那闪闪发亮的叶子

别回头

女儿剪了短发
开始了她的中学时代
儿子又换了一颗牙
这是第八颗
他拿在手上左看右瞧
老公出门时，抖了抖肩膀
这是九月的第一天
阳光和风没什么新意
我没有什么新意
四口之家日常
这是我们活着的一个横断面
更多的东西拉扯着我们前行
我们不屑于注视它
不经意回头看
它早已连成陡峭的一部分

秘　密

姐姐，我发现一个秘密
姥姥家门前有一条河
奶奶家门前也有一条河

弟弟，我告诉你一个更大的秘密
它们是同一条河

孩子们，我已经没有什么秘密了
如果有，那就是你们

读少年游[1]

晚饭后我们
第一次坐下来一起读诗
九岁的儿子声音还有点稚嫩
他还是一位小小少年
当他读到“那片云是我，那片云是我”
他抬起了手臂，指向头顶
像要拉着自己快快长成诗中的少年
女儿，口音纯正
犹如那少年正牵着她的手
读得小心翼翼
怕读出了自己的秘密
她的声音越来越小
她瞭望的洞口越来越大
他说，我来，我来
我用新县话
显然，两遍过后
他已经回到了少年
那时他只会说新县话
那时我只会说新县话
那时他见我就喊
白鸡蛋，白鸡蛋

---

① 黍不语的诗《少年游》。

那时，我们斗嘴之后
也停下来，指过天上的白云
该我读了
我泪流满面

馈　赠

每天中午
十一点半
我会从厨房出来
走到院子里
那时正好
太阳满照着这小块空地
木瓜正在成熟
三角梅的红火苗已经来到枝头
我扬起脸
和它们共同沐浴这阵暖阳
楼下会传来一声“妈妈”
那是我的儿子
他换牙的伟大历程已经全部结束
每次他朝我奔跑过来
一边喊着妈妈
那声音
在阳光下一闪一闪
他放学回来了
我去开门
新鲜的蘑菇汤已经端上桌子
那棵大地回春的小草
顶着同样的光就要进屋来了

临海帖

海水哪儿也去不了
海水那么多

我哪儿也去不了
我那么自由

父亲哪儿也去不了
父亲坟上的野草那么深

爱笑的人

因为辈分长
从小，一见面
村里人就叫我老姑
我不知道称呼他们什么才礼貌
每次就微笑回应

后来
二姐死了，家里几年没有笑声
我从小养成的微笑习惯
帮助了悲伤的家，一点点

再后来
三姐死了
我觉得自己的命要活成三份

在惠州

外地朋友来
陪他去西湖

周末
陪家人
去红花湖

要是一个人
我就去西枝江的水门桥上走一走
把桥东的风带到桥西
再把桥西的风带到桥东

如果一位诗人突然到来
最好了，出门左拐
走一段东江

我们的天鹅湖

在一块空地上
建起楼房
在楼房之间的空地
挖出一个大坑
灌满水
成为一个湖
再捉几只白天鹅放进去
我们就叫这个地方
天鹅湖

我们给远方的母亲
写信
告诉她
我们有天鹅
能听到天鹅的鸣叫
我们住在天鹅湖边

陌上院子

我们从来没有这样珍惜
院子里的这一小块天地
天天待在这里
让阳光照在身上
风吹拂过脸庞
孩子们读他们的书
父亲喝茶，偶尔踢踢腿
给公司打个电话
作为母亲，我培土，打理菜地
我们自由地呼吸
我们活着
孩子们身上的阳光是双份的
春天也是双份的
我对他人的祈祷和祝福
也是双份的

悲伤的人

悲伤的人
要在他回来的路上
等他
一见面，把你手中的狗尾巴草递给他
夜里他喊一个人
就伸过暖暖的手去
让他握着

蓝色的下午

我穿蓝色的鞋
走在蓝色的水边
蓝色的风
吹动我蓝色的裙子

轻轻的声音
像一个蓝色的人
说着一些蓝色的话

一个女人在晾床单

你见没见过
一个女人晾床单
在把床单搭上竹竿之前
她先慢慢地
甩一下自己的头发
像一首歌曲的前奏
再抓住床单的两个角
用力一甩
草青色的床单
旗帜一样飘出去了
同时，两个乳房
球一样上下弹跳一下
同时，水粒子
三月雨雾一样铺展开了
同时，她昨夜
遗留下的梦星子一起抖落了
她不停地抖
像在拒绝过去的生活
她不知道
那些相同的夜晚和幻想
早已排好了队

读 诗

我出门
一个人走在我不远的前面
那步伐流畅的样子
我认出
她在分行
一步是一行
她快我也快，完全跟上了她的节奏
我该多么懂她
那是一首长诗
快要掏空我的思想
当她终于在一棵榕树下停下来
回头看我
那多么害羞
我低下头越过她
继续往前
巨大的欢乐笼罩了我
我读了一首好诗

野蛮的石头

我有很多石头
我一次次
一个个带下山
如果你来看我
走的时候
我送你一枚洗过的石头
送你至楼下
我不再说什么别的话了
如果你非要再听一句什么
那我就说
放心走吧，我还有很多野蛮的石头

日　子

把三角梅的花瓣从地上
捡起来，放在桌子上
继续欣赏
把茉莉花捡起来
泡在杯子里，一会儿喝
把橘子吃了，把橘子皮拿来晒
把鸡蛋吃了，把鸡蛋壳拿来晒，揉碎
把青菜虫从菜叶子上捉走，并捏死
靠近正在开放的花，闻一闻，并拍照
发给别人看
这就是我的早上，我的一天就这样开始
看得见的部分都在这里了
那塌陷的部分
我暗自抠走了

九　月

你见过陌上院子的两棵木瓜树
你读过我写它们的诗句
你没有度过那样的生活
木瓜树夏天时已被砍掉了
木瓜树的影子深深地落进土里
新种下的辣椒苗掩盖了它
秋日里，满枝头的红辣椒
如今覆盖了它

黄　槐

天色暗下来了
天开始下雨
我把黄槐抱回屋里
从后面
我抱住你
把头埋进你的后背
秋天没有语言
只有案头的黄槐
一起
构成静物

我种的一棵梨树

我过早地给你看
我种的一棵梨树
它结满了梨
四月的时候
白色的梨花开满它的枝头
每天我用淘米水浇它
把蛋壳果皮菜叶
埋在它的根基
我看它的时候
充满理解和赞美
夜晚躺在床上
朝窗外黑暗之处看着
想起你，也想想果肉日渐丰满的梨
要收获一筐满意的梨子
这些远远不够
还要喷洒除虫剂
给每一个梨套上塑料袋
拒绝偷蜜者
还要祈祷
还要安慰自己
梨子熟时
你不一定到来

满月之夜

你在屋子里坐着
临近窗边
桌子上的灯长久地亮着
北方的一座屋子里的灯
也亮着
你握紧手中的笔
语言正在抵达的途中
几缕灯光
从窗帘缝里溜出去了
交换回来
那厚厚的月光

在修鞋摊

在十字路口
一棵小树旁
他坐在那里，低头修鞋
太阳照着他
照着旁边一只红色塑料凳
光脚的人
坐上去
等
太阳照着
照着等着的人
重新穿上鞋子走了
穿着修鞋人身上的阳光走了

回南天

每年春天
总有那么几天
她坐在房子里发脾气，撒泼
到处弄得湿漉漉的
一张冰冷的脸能弥漫整个屋子
唉
可怜的女人
谁知道她一年中积累了什么委屈
她往日那温暖阳光可爱贤惠通透舒服的样子呢
理解一下吧
原谅一下吧
忍忍吧
出门去河边走走吧
她会好起来的

卷 二

自留地

自留地

有一块地，我们就自由了

我们种高粱，种玉米，种小麦，种花生，种芝麻
轮流种，把能种的都种个遍
看各样的花开，尝各种的果实
土地新鲜，我们也新鲜

后来我们单纯种树，父亲说，留给后代

再后来，我们什么也没种
自生自灭，还了它自由

母亲的移动菜园

母亲真的老了，比如
她所种的菜地，面积越来越小
距离家门口越来越近
现在已经移动到门前的那棵小紫薇树旁边，像要挤走
　它一样
我们撒籽栽种时
风吹，紫薇花絮也飘落菜地一层
花那么美，而我低头，沉默
好像一棵棵小紫薇树已经占领了它

采茶日

一场春雨过后
南面山坡的那片茶园就醒了
它召唤着我们
在一个早上，天还蒙蒙亮
提着筐子
踩着露珠
穿过几条田埂
靠近它
伸出雪藏一冬的双手
去碰
那新芽

桃子熟了

母亲的后菜园
桃子熟了
今年被我赶上
母亲说
总算可以有几个
吃进人的肚子

如何造一座房子

在空阔之地画上几条线
父亲就要造一座房子了
选一个晴朗的早上
给土地爷烧点纸
父亲使劲地挥起了镐头
地基挖好之后，他开始往里
填埋石头，并用那些捡回来的小石片填住
石块与石块之间的缝隙，然后
等着泥水凝固、变牢
他在凸出的矮石墙上走来走去
大约三天后，他说，可以砌墙了
我们就把一块块
事先拓好的土坯传递过去
递到他的手里
在他的抹刀下，土坯一块块砌起来
墙体慢慢高了起来
一个一个的房间神奇地出现了
但这还远远不够，父亲
还要选最粗的槐树做柱子
用年老的柏树做架
偷来的一棵椿树，做梁
直条的杉树做檩，松树做椽子

上梁的时候，他要喊几句号子，撒一些
母亲做好的梁粑
新房子就要建成了
当我们排着队，把一块块新瓦递上去
父亲盖好最后一块脊瓦
然后从房顶上，踩着木梯一步步下来

一个新的洗脸架

腊月的一个早上
跟随父亲出门
去赶集
父亲戴着大军帽
我套着围脖
寒冷包围着我们
我们的脚步比往日更欢快
父亲去卖他制作的洗脸架
他背着它
那是他长久地思考
某个时刻的灵感之物
和两个白天与一个夜晚的劳作
新的事物要主动拿到人们面前
接受考验
我的父亲已中年
羞涩之心依然在一个匠人身上长着
这个新的洗脸架会有人喜欢吗
他侧头小声问我
我那时还不会数钱
他带上我，在集市上
让我站在洗脸架旁边
而他

远远地观察
一个新的使用者如何靠近
他的新作

火　把

父亲举着火把回来

有时背着木匠工具
有时只举着一个火把

那火把是他白天
劈掉的一截木柴
主人给它绑上棉絮，滴上油
出门时递给父亲

火把在父亲手中
高高举起
一头钻进夜色
火把和父亲
划破了黑暗

那火炬向前跳跃，飞舞
从一个山坳拐进另一个山坳
夜色一点点被劈开
黑暗和寒冷围拢过来

我们，早已

在屋子里燃起了火堆

那巨大的火焰

去迎接

那火把

凿　刀

邻居昨天送我几个木墩
我该凿个什么呢
我翻出了父亲的工具
它们塞在柜子的最底部
用一块灰色的帆布层层包裹
我小心地展开它
那些曾经发亮的锋芒家伙
已经周身铁锈
好像已燃烧殆尽
我想起父亲的动作，首先
端来一盆水，把凿刀
放在磨刀石上
推动，锈一点点褪去，直至锋利
我又想起无数个深夜
父亲的灯亮着
屋外偶尔有人经过
会大声地喊他的名字
一个阴暗的冬日下午
很多事物变得明亮起来
我磨着刀，父亲慢慢走了回来
我在想他究竟是把什么
刻进了黑夜

什么跟随着天色暗了下来
接近父亲的夜晚

木匠赋

看父亲造一座房子
我学会了画画
看父亲打一件衣柜
我学会了织毛衣
看父亲煨一把椅子
我学会了炒菜
看父亲做一张桌子
我学会了裁制衣服
看父亲建一个猪圈
我学会了插花
看父亲观看自己的作品
我学会了悲伤
看父亲钉一口棺材
我学会了写作

麦子熟了

我画一片麦田
麦子熟透了

画一个晴朗的天
朝霞满天白云朵朵落日余晖
我拿着画笔
在天空那里
不停变幻

只有麦子
金灿灿
等待收割

在远处
我画一座小山
山下一间小屋
门前一条小路
一个人戴着草帽拿着镰刀
从小路走过来

父亲的树

父亲背着手
注视门前的一棵槐树
老水牛拴在树下，小水牛在它身边蹭来蹭去
它们不停地甩着尾巴
我们在不远处玩耍
那是傍晚，人们一个个从田野归来
并抬头望望远处
父亲放下锄头，从屋子里走出来
树又一次被他赞美和分析
哪里做衣柜，哪里是小板凳
我有时扭头去看看他，也跟随他的目光
去到树上
没有发现什么秘密
夕阳照在树上，树的影子打在我们的身上
进屋之前，父亲把目光
从树上
移到我们这儿

山林砍树

在深冬
跟着父亲
一起走进山林
寂静笼罩着我们
我们嘴里吐出圈圈白色的烟雾
在山林里
父亲看那一棵棵松树
我看着父亲
一把斧头插在他的腰间
发着光
挥起斧头前，他应该看见了
一张桌子，椅子
什么使他看见
我站在远处
看着他
他把棉袄脱掉
挂在枝头
俯身于一棵树的底部
哈出更浓的白烟
我一生端坐于桌子旁椅子上
想着那些
在严寒里

升出来的热气腾腾的事物
在那里
我们的父亲
如何深入一棵树的骨头
那些看见的和看不见的

寂静冬晨

双手插在裤兜里
嘴和鼻子冒着一串串白烟
踩着结冰的地面
我们去往山林
大地一片寂静
我紧跟着父亲
踩着他的脚印
往前
听着那啪嗒啪嗒的声音
这让我觉得
我们就是这清晨早起的鸟儿
父亲带我一起去捡拾零散的树枝
树干被他昨天下午扛回家了
整个夜晚
树干已经被他锯成一段段
并使我们相信
一把新椅子
不久，将在我们的屋子里出现
和长久存在
我们拖着树枝
扫过坚硬的地面
往家的方向走

深　秋

枫树黄了
枫树下一头小黄牛
它躺在金黄的地毯之上
轻轻地甩动尾巴
它的毛发比去年更深
傍晚的余晖照进我们的后院
小黄牛看着，闪着它那大眼睛
金色的大地落进去
金色的时间也落进去
太阳正在落山
我们的母亲
背着一捆柴火
回来
头发上沾着松针
放下柴火
她朝小黄牛走去
小黄牛已经站起来了
她牵着它　走向牛栏
他们走在夕阳下
走在那样的深秋里
我的眼前
一直

耕　地

父亲背着铁耙
牵着小黄牛
让我也跟着，提着一壶水

我以为我就是来送水
小黄牛以为
出门吃草而已

父亲望望骄阳
望望土地
望望小黄牛
开始，教我

站上铁耙
蹲下去，放松身体
紧紧握住把柄
眼睛不要看着
移动的耙齿
在什么地方跳下来
在什么地方重新站上去

父亲没有拿鞭子

小黄牛第一次干活
他对着它
发出轻轻的“嗬，嗬”声

扬稻谷的人

午后
稻场中间堆起了尖尖的一堆稻穗
扬稻谷的人已站立在那里
手里拿着一把木锨
那是我们的父亲
他一次次向空中飞扬起木锨
一粒粒饱满的谷子
落在我们的手上

老　茧

锄头在挥动
泥土被翻起来
茫茫的田野上
一把锄头
被父亲举起
它一次次从泥土里拔出来
划入空中，阳光照耀
使它闪现一道白光
汗水滴落其上
使它燃烧
茫茫的田野上
春秋他收割了黄黄的麦子
秋冬他捡拾了白白的棉花
茫茫的田野上
晴天与阴天交替着
锄头与镰刀交换着
引领着他
他双手合十时
左手的老茧会碰着右手的老茧

林中小屋

一条小路
从村头出发，向外
走进一片竹林

如果你撇开光阴，进去
就看见，那里
有一座小屋

人们沿着小路
靠近竹林
把一棵棵竹子背回去

村庄的炊烟
也沿着小路过来
与小屋顶上的这一缕
慢慢混合

如果你来到门口
会惊起一群麻雀
惹得一位老人
从小屋里
走出来

破　译

以前跟父亲一起清明去上坟
割除杂草
铲一锹带草的土放在坟尖上
下面压放着两张纸
像戴了一顶新帽子
再点燃余下所有的纸
我留意到父亲嘴唇微微波动着
我真想问
大，你刚才说了什么

后来我带女儿去父亲的坟头
也是那一样的流程
在纸烟飞舞中
我轻轻地反复念道
我在这儿，你在哪儿
女儿走近我好奇地问
妈妈，你刚才说了什么

一个池塘

一个小池塘
晌午，或者下午
太阳照着枫树、松树、茶籽树
水牛在坡上吃草，墨绿色的水草
在池底轻轻晃动
我在岸上观看自己的影子
牛一次次把自己淹没
于是我走向池塘，沉入
上来。几天后，人们发现
我面色发白，神色呆痴
老人们开始小声地议论
我的魂没了
我坐在大门槛上，眼里泛着绿光
我的母亲
背着一把耙子
手里拿着那件下水
穿着褂子
赶往那个荒野之地的小池塘
回来的路上
她喊着我的乳名
一直没有回头
她坚定地往家的方向走

坚信我的魂
会跟她一起回家
我坐在大门槛上，等她
眼里泛着绿光

一个瓦缸

一个瓦缸空置在屋外的墙角
野草快要覆盖它
它空在那儿
让人忧伤
我拔出了它
一遍遍冲洗
让它重现光彩
它来我们家快五十年了
盛稻谷、小麦、豆子
也腌咸菜
我们围绕着它
一次次把它灌满
又慢慢
一点一点把它清空
我们围绕着它叮叮当当地活着
我用车子把它载到惠州来
放在院子里
如今它空在那儿
太阳照着它
它经过烈火焚烧
它知道什么是火焰的颜色

圣 杯

我坐在窗台边
母亲送过来一个苹果
我慢慢地吃，吞咽。啃它
最后它变成
一樽圣杯

写诗可以挣钱

母亲问我
你整天不是电脑就是手机
忙什么呢
我想了想，还是告诉她吧
我写诗，写得最多的是你
她突然抬起了头
写我什么
我想了想，还是告诉她吧
很多，比如你种菜，采野花，做饭
给我递苹果
她笑了，写它干什么呀
我想了想，还是告诉她吧
写得好，可以挣到钱
比如这样的
我把《母亲的移动菜园》播放给她听
这呀，这呀，这也算呀
她立马起身
拿着那件她正在缝补的大襟
向我展示
它是诗，它是诗

写诗有什么用

母亲又一次问
写诗有什么用
我没有继续照上次那样回答
写得好，可以挣钱
这个答案太骗人了
我重新跟她举个例子
父亲做那么多漂亮的房子柜子桌子椅子
他消失了，有一天它们也会消失
写诗，不是这样的，妈妈
如果写得好
有一天我消失了
它们会一直在
它们替我说话

母亲的后菜园

想起母亲
就想到她的后菜园
那年我回去
是五月
赶上一片油菜花正黄
我钻进去
自拍一张照
给母亲看
她大病初愈
她看着照片里的我
站在她的油菜地
甜蜜地笑
她从虚弱的身体挤出
一点点力气
细声地说
真好看
她又想起我的新名字麦花
这使她的眼神发亮
笑容更美
她想象起来
“今年秋我来种麦子，
明年你再站在里面照”

想起母亲

就想起她未尽的爱

她的后菜园

一片金黄的麦地

她的小女儿麦花站在里面

探　母

母亲已经来到廊檐
坐着
拐杖靠在椅子边
眼睛试探着
望向路口
我将在那个路口
出现
朝她走去
她门前的空地已长满蒿草
我踩出窸窸窣窣的声音
苍老的母亲就坐在那里
而年轻的母亲
她干活回家来的脚步声
从遥远的地方穿越过来了
它使我加快脚步
向眺望着的母亲走去

带母亲走

房子里已经没有什么
粮食已经被我们吃完
衣物已经送给了邻居
让灶台空着
床、衣柜、桌子、椅子空着
后院菜地空着
锄头停在屋角，扫把挂在墙上
雨靴、皮手套成为静物
那些柴火自己腐烂
屋檐的鸟都飞走
带母亲离开，她空了
是什么把她掏空了
带母亲走
她的身体很轻了
棉花一样
再回来时，白云一样

母亲的名字

母亲的名字
写在纸上，安静地在那儿
我们喊母亲，就有好听的声音
回应过来
她的手
有时温暖，有时冰凉
给我们擦眼泪，也偷偷擦自己的眼睛
她的影子，在我们的生活里移动
她拥有众多的分身，成为碎片
母亲是枷锁，我们因此而获得自由
我们从不知道自己的母亲是谁
从没有念过她的名字
它安静地在纸上
在殡仪馆，有人喊李秀珍
我们听到了
那完整的生命之声
让我们抱着空空的盒子
向她空无一物的方向走去

青　山

我们提着纸、香和水果
拿着木棍
敲打着野草荆棘
拨开被遮蔽的小径
试探着
往前
那永恒的青山之地
母亲在那里

菊花漫山

秋天的山野
野菊花盛开
地里劳作的母亲，回来的时候
手里总拿着一把野菊花
带给我们
她的笑容野菊花一样开着
她的眼角，长久地
盛开着
有一天
她把眼睛闭上
成为那山野
永恒的一朵

母亲与柴

买树的人把树干拉运走了
地上堆满了散落的树枝
母亲坐在廊檐下晒太阳
我去捡拾那些柴木
用砍刀
一截截斩断枝干
再用膝盖抵住
一捆捆扎好那些柴
十捆柴，高高地堆在墙角
新柴的水分随着母亲在慢慢消散
第二年春天，十捆柴
堆在那里
不用再燃烧
也不用再冒出火和青烟
慢慢地
它会在墙角烂掉

屋顶暮晚

夕阳已经下去
余晖散在群山顶上
炊烟缓缓升起，慢慢缠绕山腰
虫鸣已消退
我从没有来过这屋顶
没有尝过这样的寂静
一个灵魂就要离开了
我在那屋子里走动，忙着
也在角落里暗自停留，我从没有
想过
来这屋顶
暮色渐渐合上来
姐姐的眼睛渐渐合上
她往高处走了
我跟到屋顶
夜色加重，群山越来越幽深
星空将比昨日
明亮

别二姐

这是你最后走的路
清晨的薄雾笼罩着浩浩荡荡的白幡
人们抬着你
去往你的山丘
最后一次
你走过门前的塘埂、田埂
比往日更快
更轻
田里一片荒芜
不再等待你去播种什么
路边的野菊花盛开
一直延伸
至你身边
你那么轻
走得那么快
薄暮淹没了你

数星星

我现在开始数星星
如果数到你
你就答到一下

泼河水库

泼河水库在远处
没有谁到过
它是母亲嘴里
闪闪发光的语言
她见过
孩子们如何能见
等我们长大一些的时候
腿脚有力，能够走远一点路
在春天，秋天或者
某个冬天的早上
她就带上我们，出发
去爬屋后的一座高山
赛山
大半山腰时，她就回头
朝西边眺望，指给我们看
在那里
一面明镜铺在群山之上
哦，泼河水库
它照着大地，远远地
也映照着我们
召唤着
我们门前的小河

日夜朝它流去
我们出神地看着
如此平静
看到了
我们的生活
汇集储存在那里
母亲继续往山顶去
烧香拜佛

坡　顶

每次经过这个坡顶
我都停下来
从南冲村走向外面
都要翻越这座小山
过去我到达坡顶
稍稍歇息，只趴在自行车上喘口气
接着往前冲
现在我经过这里
懂得了
把完整的时间留给它
慢慢看那
连绵起伏的青山
和落日

高脚马

我独自拥有
一对高脚马
我从山上砍回来
两棵小松树
参照哥哥那对大号的
削制了我自己的一对
在早春或者秋冬的漫长阴雨天里
我穿着干的布鞋
骑上它，出门
走我自己的路
一手握住一个把柄
用力又小心地抬起高脚马
一下一下地踩进泥地里
走在巷子里，去遇见
另一个小伙伴
她可能踩着她的高脚马
也可能是一个小男孩
正朝我寻觅过来
更多时候是我
一个人
独自徘徊在那里
他们都在学校

我已经从课堂逃回到田野很久
有几次
我就踩着我的小高脚马
慢慢地到了村头
看烟雾弥漫的田野
一会儿，然后回家
我已经丢失了我的高脚马
也不能穿着母亲纳的布鞋
去往田野

冬　行

劈柴，扫雪
串串门，跟独居的老人们说说话
在南冲村，多数时候
我一个人会去空旷的田野
走一走
偶尔学鸟叫
胡乱地吼一吼
声音越大，寂静越深
那春天的回声
正藏于冻土之中

老　屋

在一个安静的下午
我画起了老家的房子
画了红砖的后排
又画了黄泥巴的前排
它们都有黑色的瓦顶
我用土黄色围起了矮矮的院墙
让所有树的叶子都落尽
露出那彩色的房子
和那瓦蓝瓦蓝的天空
我再画不出它的炊烟袅袅
再画不出它的欢声笑语和鸡鸭牛羊
只有画板上的老屋静静的
只有脸庞的泪水静静地流淌

隐 城

矮房子在低处
并被槐树柳树遮蔽
我们常年在低处，进进出出
而炊烟拉升着我们的生活
四周高处的后山守护着我们
死去的人埋在那里
每年的正月十五，晚上
我们爬上后山，在每一个坟头面前
点亮一盏纸灯
呼唤他们从野草中出来
看一看，听一听
他们的邻居越来越多
我们
越来越少

卷 三

悲伤的人不要相遇

我从未见过的

我希望
我遇见的一个人
是我从未见过的
我们说话，每一句
都冒着热气，像地里的土豆
刚挖出来的泥土
带着湿润，附带一条蚯蚓
他踩单车过来了
骑着摩托过来了
走过来了
我不知道他究竟会去哪儿
他只要一喊我的名字
我就知道

夜　晚

夜晚我开车
去见一个人
车子在一条宽阔的马路上跑
没有星星，没有月亮
只有车子那两束灯光在探照
但已经足够
那个人
我听过他的声音
来自山谷
并有回声
我选择夜晚出发
想用我的黑暗去迎接他的幽深
我请他
也看看我的样子
听听我做过的一个梦
车子一直往前开
我想，如果
把车子停在一棵树下
他站在树下
已经很久
树的影子全落进他的身体
他朝我走过来

那是一团移动的浓密黑色

在靠近

我

傍　晚

天快黑了
我坐回窗边
想起你
你窗外的棕榈树在风中摇摆
雨打树叶沙沙响
雨使傍晚的事物越发明亮
一天就这样过去了
你现在靠在椅背上
闭上眼睛
让自己停下来
暮色越来越深了
你无法停下来
夜晚更多的事物涌向你
消耗你，挖空你
我这样想着你
雨一直在落
雨从你那里
落到
我这里

三个口袋

我给你做的外套
有三个口袋

一个用来装烟
一个用来装石子
一个是海鸥

你坐在海边抽烟
你把沿路捡起的石子
一个个丢进大海

回来时
口袋里装着
一个从海上归来的兄弟

雨

我们在马路上走

在深秋，路上没什么行人
树上的叶子不怎么动
头顶的乌云在聚拢

我们在分别

昨天我们那么多拥抱
练习分别

我们走着
一条路无尽头

乌云憋不住了
它们哗啦啦，哭起来

我们
往一棵大树跑

雨把我们
重新挤紧在一起

满天星斗

我住房子，爱选一楼，能看见树，风是掠过地面而来的

我走路
喜欢有小花小草的路沿，拖泥带水

我爱一个人，喜欢他风尘仆仆到来，带着满天星斗

秋　菊

你有没有遇见一个人
他身体里有青草的气味
有水的样子，凉凉的，滑滑的
他眼睛里有秋菊
他不搭理我的样子，像冰

水门桥

从桥东去桥西
会经过水门桥
在桥上，我停下来
注视一会儿江水
亲爱的，听我说
西枝江去见东江之前
跟我一样，慢下了脚步

老左，我想你了

二十年没见
估计你也老了
就叫你老左吧
老左，我想你了
你发誓离我远远的
再也不让我见到的那种远
吓到我了
现在看来你傻啊
我后来遇到的朋友，个个都有你的样子
鬈发的像你
鼻子直直的像你
笑时，嘴角斜向一边像你
大街上走过来走过去的很多身影都像你
迈步啊，摆手啊，甩头发啊
有时，我也稍作修改
估计有的人肚子不像你现在的了
背不像你现在的了
你一层层地跑进我的梦里
梦里说我正在庆祝自己终于没有梦到你了
哎，老左，你傻啊
有一天你会
一层层跑到我的地狱里来

冬雨冷

再下几滴，那颗水珠就要从叶尖滚落下去
再吹一阵，那片带水珠的叶子就要从枝头脱落
再动几次念，你就要完全
消失

冬雨冷
我又发烧了
每次想念一个人
我就悄悄地病一场

太阳快要落山了

太阳快要落山了
我们见面
都拖着长长的影子
其实说不说话，都不
影响它
沉默的一阵，影子越来越长
越来越模糊
多像是我们渐渐在消失
直到我们轻轻地说了声
不见了

礼　物

我从一棵植物上拔下
一根刺
坚硬，像一枚针
送给一个男孩
让他留着
需要的时候
用它扎一下指头
替代下心里的痛
那时他悄悄地爱着我
可我已经爱上了别的男孩
我爱的时候，就是那样
用一枚植物的刺针
刺入自己的手指

去你那儿

我决定了
去你那儿
坐三天三夜的火车
我戴一顶低帽檐的灰色帽子
和一副墨镜
像一个地下党去执行一个接头任务
我把手一直揣在兜里
让我见到你时
有一双温暖的手
我不开口跟任何人说话
以免我的甜蜜消逝
我独坐窗边
看那些山川和河流
以加持自己沉默的力量
我到达的时候
天完全黑了
我去敲你的门
三下
一道暗语
你听见敲门声
问
谁呀

我不知道
我是谁

天　鹅

在城市花园的天鹅湖
我见过
天鹅
飞
白色的
天鹅
飞起来
飞向她所爱
那内部的燃烧
将她高高托举
在平静的湖面之上
她向那里飞去
蓝色的湖水里
一朵白色的圣洁之物
抵达之后
黑色的
灰烬
我每天下楼
一看信箱有没有来信
二看天鹅有没有再飞

繁　星

天上的繁星下来了
头顶的星空下来了
再多看几眼
我以为　你平日呼唤的麦花，麦花
一个个变成了星星
那些明亮的
是你声音最大的
那些黑暗的部分
是我未听见的
是我们未尽的
那是昨天
我种的小白菜
发芽了
那是我
刚刚从梦里醒来

晚　安

晚上读几行你的诗
停下来，下楼
去采摘一枝
蓝色的蝴蝶兰
拿着它
绕着墨色的天鹅湖
慢慢地走
走回屋子
找来一个蓝色的瓶子
装半瓶水
把蝴蝶兰插进去
它与那诗一样，发出
蓝色的火焰
我对你说晚安
它发出
蓝色的火焰

森林之歌

我记得你来过
我的森林
在一个夜晚，或者一个雨天的下午
我安静地候在那儿
你进入我的内部
抵达一条河流
你慢慢潜入
它淹没你，快要你的命
你认出，这河流属于你
你为它命名，你的河流
你不停喊那个名字，使它浪花朵朵，使它奔腾
我记得，森林深处的兔子、羊、鹿、豹
小兽们全都跑出来了
烈火燃烧着那森林，我们的森林

悲伤的人不要相遇

你不能
伸手去向
一个双手空空的人
要玫瑰
如果你去接
你空空的双手
有没有捏着一把真理
交给对方

桉树消失

我困于一片森林
在我深入其中
迷恋众多的树
一块石头让我坐上去
想一想
树的阴影罩着我
思想启示着我
一束光出现
照在一棵树上
我站起来
是什么使我跟上去
靠近它，抚摸它
渴望得到指引
我没有折断它的一根细枝
拿在手上
没有摘下一片树叶
握在手心
我让完整的它
充满我的内心
桉树，桉树，桉树
我认出了你
叫你桉树

你牵住了我的手
往外走
森林
慢慢消失
桉树一词
消失

新　雪

傍晚时
我们出门
屋子里是橙色，充满了我们的味道
外面已经厚厚一层雪
我们把大衣的扣子一个个扣上
再扣上我们的手
我们踩在新雪上
往未触及的地方试探
并回头看
我们的脚印
新鲜，深情
我们的爱

把你的旧房子锁上我们重新去罗马

你很久没有出门了
门外一条新路
也不知道何时修好的
傍晚时
你倚靠门边
望着那条路
它向远方延伸
你房子里的光幽暗
墙壁漏风
秋风一阵紧似一阵
吹着你和你空荡荡的房子
一些灰尘
和爱的故事
落下来

我　们

我们
又吵起来了
忘了是因为什么事
也不记得是哪天
他那天穿了什么样的衣服
我的头发有没有扎起来
应该是在午饭后
旁边没有人
一个安静的角落
属于我们的时间到了
忘了是谁先拨通谁的电话
是谁先大声咆哮起来
咆哮之前有过一段安静的时光
甜蜜那样的甜蜜
后来就起了风
毒药、炸弹、飞刀
在我们之间流通
都滴血不止
都快死了
他一遍遍咆哮着
李麦花，你是谁

我们只剩下形容词在闪烁

我指给你看
我们走着的这条路
它从名词起步
比如，你说
麦花，你好
很高兴认识
名词就开始消失
闪电推动着我们，在这条路上
每一个脚印
都是一个动词
用力，用力
到我们的骨头里
血液里
眼泪里
直到我们
掏空彼此
我们停下来
坐下来
夜幕降临了
这条路已接近尽头
你指给我看
我们走过的那条路

已消失
遥远的夜空
唯星光闪烁
我们无尽的形容词
闪烁

秋天去你的村庄坐一坐

不必见你
我把你读过的书的名字，念一念
去你每天走过的绿茵小道，走一走
想着在黄昏你爬上楼顶，在暮色里
从口袋里取出一支烟，点上
对着远处的群山，吐着烟圈
你吐的烟圈那么深
你的影子那么深
不给你写信
不去路口等你
你走了那么远的路
鞋底磨破了，脚起泡了，几个故事已经占满了你的身心
在一个秋天
我去生养你的地方看一看
在你劳作的田间地头，走走，坐一坐
我把身子紧贴那里，很低，很低
已经有什么东西渗进那片土地

爱　人

我遇到的爱人，已经在他爱的路上累倒
他口渴，安静地喝水，但不说话
我送他一把野花，他接下，但已不再低头去闻
我送他一匹马，他只是牵着，不再骑它
已经没有草原

卷 四

夜晚的灯

果汁女人

一个女人解下围兜
从厨房走出来
会端着一个盘子
她的目光没有落在盘子上
而是落在自己的心里
盘子里盛着苹果
生活已经递给了她一把刀
让她去切它的果汁和思想

去往河南的路上

你不能
跟一个双手插裤兜的人走
如果他中途把手解放出来
不停地捋他的头发
你只能一个人
摸黑，往回走

黄昏之路

我走出屋子
去往一条偏僻的林中小路
阳光已移至树尖
鸟鸣消于林中
我走在这条路上
暗淡之光足以照耀我的路
我停在一棵树下
去聆听面前的一片叶子
翻看它的背阴面——
看见了么，这是它的夜晚
我独步于这条寂静的小路
不会遇见一个从对面走过来的人
不用避让
也没有日后坐下来
一起分享这途中的秘密

夜晚的灯

夜深了
我重新坐下来
拉亮一盏小小的台灯
它发出橘黄色的光
那一小圈光晕
照着我
我的手握住一只黑笔
落在一页白纸上
光晕照着我
犹如那信使已经到来
“我去敲你的门时，你会听到”
白天，你建议我出门，走一走
我想过了，没有什么地方能去
没有别的路可以通往梦境
我坐着，聆听这夜晚
对一颗心的拍打声
一步步走近
那黑暗的中心

林中路

黄昏时分
我出门
去往一条林中小路
我踢着石子，它引领我
一段一段
向前
我把节奏和思想交给
这沉默者
它替我写一写这
林中路

时间会送来一份礼物

傍晚，抽身
去江边
看落日余晖，静坐
能说什么呢，有些东西慢慢散去
有什么挨不过去的呢
有些东西悄悄升起
时间会送来一份份礼物
看，月亮来了
越来越多的星星也来了
心底的你来了
自己的影子也来了

拔草的人

1

拔草，没有窍门
看见谁少、光鲜，伸出手去
用力一扯就是，嘴里狠狠地说
异类，异类

2

痛恨它，就连根拔起
痛恨再深一些，就顺藤摸瓜揪出同谋

3

拔草的人
要爱憎分明
让该死的死去
让该活的活着
对于拔错的草
要悄悄地忏悔和道歉

4

那些早上出门
面带微笑，见人就说 hello 的人

在梦里拔过草

5

拔草的人
一直是自己的异类

6

我一生用力拔去你
从未成功

晚安，窗外美丽的三角梅

想着我睡着后
你整夜开着
那太可惜了

想着我可能不再醒来
你依旧开着
那太可惜了

窗　外

她哭了
午睡起来
泡了一杯茶
什么没干
她看着窗外
持续半个月的雨终于停了
这是夏天
风扇一直开着
雨过初晴，风很清凉
她突然意识到
自己在哭时
没有一片纸巾为她
擦拭去眼泪
她端起茶杯
眼泪滴答
滴答
蓝裙子在飘
有一阵儿
她尝到了咸
她意识到了
还有另一部分泪水

我想再次去看看那棵刺槐

一年冬天，我独自爬上
雾蒙蒙的赛山的山顶
一棵刺槐树在那儿
它落尽了叶子
根根枝条露着
它们在冷风中
微微颤动
在白茫茫的雾里
它用自己的身体书写着黑色的字迹
我站在那里
静静地读它
那些纯粹、干净和清冷
内心该藏着怎样的火

夏　天

芒果在成熟
雨落落停停
我已经几天没有出门了
没有翻动朋友圈
我写的一封长信
已经寄走了
我想到自己已经四十八岁了
静静地想了一会儿
没有什么要记住的了
坐在窗边
我拧开，关上，关上
拧开，一台小小的风扇

他把秘密缝起来

我意识到
他进了我的房子
一个陌生人
拥有忧郁的眼神
当我从椅子上起身
回头看
他已经在我的书架上
抽出一本书
那是我新写的一本书
还没有一位读者
他不跟我说话
忽略我
他拿着书去缝纫机处
挑出其中的几页，密密麻麻地缝起来
针脚均匀，纸上出现一个个小小的针眼
我想喊
疯子
他已走向人群

这样的房子

一只黑鸟
飞进了
这个玻璃房
我正在这样的房子里
我看着这黑鸟
她飞，飞向那透明的玻璃
那里没有自由，没有爱
只有撞击
我看着这黑鸟
那哀伤的眼神要诉说什么
我知道
我正在这样的房子里

一个女人午觉醒来

她睁开了眼睛
从床上坐起来
目光里还没有任何目的物
一只手还不能去摸另一只手
嘴巴还不能张开
去回应别人
她的心
还在她的另一颗心那里
两颗心才刚刚认识
她坐在那里
回忆
那颗心走过的路
并记下
她的眼睛又闭上了
想再回去

一个下午

一个下午
我坐在那儿
没有谁来
没有什么事发生
太阳照常照进院子里
空虚使我胡思乱想
我想起一个人
和他一生的事
当我想起
他离开了他自己
在这个地方
我没有再继续下去
太阳已经偏西
我起身，影子长长地落在院里

玫　瑰

一束玫瑰放在台上
送玫瑰的人已经走了

爱情已经走了
玫瑰还在来的路上

等到你的手中

让你重新认识那
红色的花朵
和那接下花朵的
手

我写下这样的诗

我的父亲要求我
说真话，在他注视或者瞪眼睛的启发下
我往往要把描述的事物
往深一点暗一点的地方去
我游荡在田野里的生活
也教我
朴实，自然
我还遇见了一位少年
他的语言和爱
一样
干净，永恒

我照着父亲造房子的样子写诗

我写诗
照着父亲造房子的样子
挑选结实的土坯和树木
用那些有根源的名词
去垒墙
去竖起柱子和架
请那些熟悉烈日
并在烈日下流下汗水的人
去搬动
我学着，练习那些动词
我父亲，生活了多年
已经掌握了语言
他站在那里
人们喊他老掌线
他指挥他们
把那些词语放在合适的位置
使之牢固，美和充满思想
我父亲造房子
是为了让人有地方住
我写诗
也是

在路遥纪念馆

纪录片里
路遥，一只手夹着烟
一只手握着笔
在纸上写
都在燃烧
他还年轻，不到四十岁
但纪录片
已接近尾声
我的眼泪流下来
我坐在那里
想起另一个人
也总是夹着一支烟，在长夜里坐着
他告诉我
好东西都是拿命换的

秋　日

往山中去
秋风一遍遍吹
树叶飘落
捡起一片，捏在手中
置于林中偶尔的阳光下
照耀
我觉得它
已获得双倍的温暖
觉得这落叶
是我
我已经没有什么
可以给你了
时间使事物燃烧
然后腐烂
一个人
向山顶走
什么也不再带

时间之物

秋天了
真的是秋天了
风凉爽
天空高远、明净
仿佛可以看见更多的你
更多的我自己
可以回忆了
可以开始忏悔了
如果忏悔足够深刻
树上的叶子会落得快一些
冬天的雪，会把大地铺盖得厚一些

我守着那样的夜晚

我还不愿意睡，夜
已经很深了
很安静了
我还坐在那里，聆听它
还有谁在那里醒着
我总是这样
想象有人在黑暗中
划亮一根火柴
为此
我守着那样的夜晚

梨　树

她一生种树
尤爱梨树
待梨花盛开
独坐树下
等待一个从
桃园归来的人

回　家

我在这里生活着
每天做饭，种菜，扫落叶
做饭时，我把鸡蛋壳留下来
菜根和果皮收集着
院子里的落叶也捡拾起来
一起丢进菜地
用泥土埋起来，带它们回归
看时光之物进入腐烂
我打碎鸡蛋
做一碗蒸蛋的时候
会哼着小曲
含着我对生活的感恩
在一些间隙，也想着
康德对人的那些忧思
那些看不见的，也都没有走远
都将融入腐烂之物
有一天我
不再
做一个在外奔跑的孩子

空椅子

我坐在椅子上，想你
整个下午
并没有结束，我起身
离开
留在椅子上的温度
在消散，但你
没有走远
空椅子喊你过去坐坐
你去吧
你去试试那颗心
一个人安静地坐那里
身体里一只鹿如何跳跃
你去尝尝
苦一口甜一口的是什么果子
那果汁谁分泌的
你坐在那里，吃着我的下午
进入漫长的夜里

我的马

每到深夜
我的马就出来，到我身边
用它棕色的长尾巴扫我的背
把头伸过来，用鼻子嗅我
它围着我转，用脚踢我
想出去
我的马在我这里很久了
我看见它的时候
它拴在一个树桩上，眼睛看着我
不知道谁这么做
为什么让我注视一匹马
并不让它奔驰
我在白天里劳动，行走，跟人说话
在深夜，我独自去看它
离开的时候，带回启示
我又想起母亲的话
就让它在那里吧，你看到它了
已经很好
一匹夜晚的马
奔跑在我的内心
这凝视之物
不停踢我

一生要穿过这黑夜
到那白日去

我停不下来

我曾把两把椅子置于树下
引领我进入新的生活
并给我新的语言
现在椅子已经
消失
新的生活与新的语言
拧搓在一起
螺旋上升
停不下来
我
停不下来

她

夜深了
她还醒着
每天深夜，她还在房子里轻轻走动
先进孩子们的房间看看
再回到自己的房间
在床头的小桌子前坐下
把灯光调至暗淡
男人的鼾声起来了
那声音使夜的寂静更深
她在这样的安抚中走进自己
白天，她做一些日常事务
买菜，但闻不出泥土的味道
走在大街上，但没有季节
跟人说话，但没有语言
白天是空白的
现在
鼾声、风声和人的聆听与凝视
才是她黑色的影子

李麦花

李麦花，我挑出来的一个符号
把它涂在纸上，并指给你们看
我日夜走路，并在路上投下一些影子
时光的影子紧紧覆盖在它的身上
使它不再指称别的事物
我霸占它
不知道是什么
让我霸占
它

卷 五

一本诗集

一个诗人

一个诗人
从他的诗句走出来
去了哪里
他走在人群中
人们不认得
他去到荒野
荒野不认得
他去到大海
大海不认得
我们只能
等他
回来
在他语言的家里
等他回来
他将带着他新的语言
回来

一本诗集

我们在一棵树下
静静地坐着
膝盖上放着诗集《泥与土》
书合着
灰色封面上写着诗人黑色的名字
我们默念着
被指引着
扉页，空着
那应是留着
写给谁赠言
我们在这块空白的地方
停留一会儿
又停留一会儿
剩下的
是诗人写下的诗句
诗人离开了
诗人写下诗句就离开了

一个柠檬

一个柠檬
挂在
枝头
轻轻摇晃
整个园子
只有一棵柠檬树
整棵树上
只有
一个柠檬
人们经过
都会看它
一个柠檬，如此
把爱
集中在一起

如何采一枝兰草

如何找到一枝芳香的兰草
我们走进春天的山野
把耳朵去掉
把眼睛去掉
把鼻子去掉
把我们内里的心，留给兰草

在低矮的枝丛之下，隐秘之地
剥开一小段阳光
我们
看到，并惊喜地叫出
啊，兰草
芳香的兰草

夏日，兼寄李敢

每次走在树林里
就想起生活在都江堰的李敢
他有一片小树林
他整天在树林里劳动
偶或闲逛。想到这儿
我加快脚步
以为会在前面几棵大树的背后
遇见他
事实上
这不可能，他早已是个守林人
不让别人进去
不让自己出来
夏日树林茂密，密阳透射
那些斑驳的阳光落进他的身体
如果他奔跑，像极了一只花豹

等台风

台风还在海上
雨先到了
我们把门窗关好
坐在窗前看着外面
枝条摇摇摆摆
雨条儿歪歪扭扭
台风要来了
我们非常安静
想它会
发什么样的脾气
台风要来了
已经到我们的身体里了
现在，没有风
也没有雨
那是台风正从海上赶来
正在来的路上

如何读诗

一直读诗
从白天到黑夜
又从黑夜
返回白天

我读着你
读着我自己
这丰茂的人间草木啊

我出门
看见一个人走路
噢，我认得
那是一首孤独的诗
如果两个人
手牵着手
喔，我认得
那是长一点的孤独

我认得
芭蕉树是一首抒情诗
榕树，是一个组诗
黄花风铃木，是巴西外来诗

三角梅，最经典
人人会背
惠州，也可以翻译成耶路撒冷

我抬起手，翻开书本
是拉康苏格拉底萧红伍尔夫
我不动，只静坐在那儿想
是另一行
我爷爷，我奶奶，我大舅
我二叔，我三婶

我的钥匙挂在胸前

是一首诗
我的钥匙正开着门
是另外一首诗

我喝水
是为了把一首诗咽下去
我咳嗽
是被迫重新把它吐出来

我的眼睛照进的那个人是第一首爱情诗
我的笔写下的那个人是第二首爱情诗
我梦里喊的那个人是第三首爱情诗

它开花了

昨天晚上
我给它浇水
还没有任何动静
早上
透过窗户一看
人就发出
啊的一声
连忙跑过去
靠近它

蘑　菇

从殡仪馆出来
不知要去哪里
站在空阔的草地
看四周的群山
山上的树
和树林中的墓碑
低头
看
脚下的草地上
昨晚一场暴雨
蘑菇已经冒出来了

一个花盆

一个花盆丢在垃圾桶旁了
里面的兰花曾经鲜艳过
塑料花盆也很漂亮
那楼房的 23 层阳台上
也拥有过一段迷人的时光
但如今那个花盆
被丢在了垃圾桶旁
站在高处的人俯身
再也不会嗅到低处的暗香
一个人走过去
抠出那盆里的土
用袋子装着
提着回家
把其他的种子
再埋进去
也不会知道那土里
曾埋着思想者一部分的思想

一封来信

一封来信
陌生人的
开头的两句是
你好，麦花
我这里正在下雪
简短的开头后
停了很久
我读出了那停顿的空白
我停了下来
我觉得他
已走了一段很长的路
要重新坐下来
在一场大雪里开始说话
我知道我
不能再读下去了
再读下去
他大雪那般
纷纷扬扬
将把我落成一个雪人

一个独居老人的家

房子太大啦
院子太大啦
院子里种的丝瓜太大啦
我叫的声音
一声比一声大
安静使我
发出
大的声音来

早　春

徘徊在早春树下的
那个人　但愿他能　走进树里
跟着新芽　重新
冒出来

看海的人

他在傍晚
独自走向海边
他远远地站着
把背影留给我们
把心向平静的大海敞开

雨　夜

远处的街灯亮着
映着院子淡淡的光辉
窗外树枝微微晃动
雨滴芭蕉
使这夜更加寂静
人在灯下坐着
长久地想着
那黑色的影子
使夜的颜色越来越深
雨落得越来越紧
使夜的颜色越来越深

午　后

午后收到你的诗集
我就往院子里走
那里充满清新的空气和干净的风
我去翻开它，从它橙色的封面
走进去，去看一颗橙色的心
院子里西红柿熟了
我摘两个
坐在台阶上，吃起来
铁色的台阶经我每日上上下下
起了暗光
我坐在那里，开始认识它

回家的路

在黄昏，他走在一条昏暗的林中小道
这里是他回家的路
他踢着石子，一步步往前
那么安静。他那么自由
雨水使黄昏中的事物愈发明亮
他用脚尖击起那些小小水花
犹如他内心的一支无名舞曲
在这条每日行走的路上
人应该有自己的节奏
和沉默

玩泥巴的孩子

玩泥巴的孩子
很开心
他离开人群，来到一摊泥沟
用双脚去踩泥巴
蹲下去，用双手去和泥巴
有人经过的时候
他问，能不能帮他把袖子往上撸一下
泥巴被他踩得越来越黏稠
他的鞋子深深地粘在泥巴里
他的鞋子成了泥巴鞋子
他的裤子成了泥巴裤子
他的脸成了泥巴脸
他的笑成了泥巴笑
哦，他的心
全给了泥巴
不给我们留一点点

树葡萄

树葡萄已经被我们摘完了
树干上光秃秃的
节疤还在
整棵树在缓慢地呼吸
我们回味着她的甘汁
再次靠近她，不是过去那样
跑过去
我们选择远一点的地方
静悄悄地，看它
那时它周身挂满树葡萄
我们在树下
围绕着她欢叫
离开后
鸟儿们就飞落过来，继续
闪光的事物召唤着我们
我们品尝过那爱
现在，我们看着她
空荡荡的身体
静静地站着
沉默

萤火虫

在深深夏夜
萤火虫在荒野中飞舞
而遥远的夜空
繁星点点
你捉到一只萤火虫
你捧给谁看
那个人
他到过那黑夜
并被那微弱的光芒照耀
他怀有的一颗清凉和
朴素的回忆之心
一直在

人类纪事

一个人
站立
空旷之地
久了
就
蹲下身去
看地上
一群蚂蚁
正在行走
整齐，热烈，充满意义
他加入其中
用一片小小的叶尖
挑走了其中
个头大的两只
看它们
大乱，四散而逃
然后
站起身
拍拍屁股
走人

挖　树

一棵树
在那儿
它的根
紧紧地抓住大地
挖树的人
用镐头，铲子
在树的四周刨土
顺着根须
剥离，直到所有的根
出现，它们
来自无
指向无
树
挖起来了
根消失了
只剩下一个洞：词

一张照片

一树木瓜
深青色的
一个个垂挂着
一个女人
散着头发，并向后甩了一下
像抖落昨晚的一个梦
走过来，靠近它
把脸紧紧地贴着它们
眯着眼睛
望着前方，但眼里没有内容
木瓜快熟了，木瓜充满着黄色果肉和黑色精神
木瓜和她的脸
占了照片的大部分
一点空白的地方
留着呼吸和思考

拍照的男人

他远远地跑到前面
回转身，蹲下
把一个捕捉者的背景
留给我们
他忘了自己正在一条马路的中间
路旁的枫树
高高地向天空伸展着
他刚刚牵着女人的手
走在树下
深秋的阳光在枝头晃动
飞鸟在林中鸣叫
他们的脚步跟上了那密林的节奏
她朝他走过来，微笑着
他凝视
那日常之美
得到那样的永恒

木房子

我们在院子的一角
搭建起一个木房子
用树，木板
搭起那样一个空间

摸着，是木头的感觉
闻着，是木头的气味
站在它面前，就有了一颗木质的心

木房子空着，里面什么也没有
我们给它开一个窗口
并没有人坐过去
窗口是留给木房子自己的

木房子空着
它单纯存在

在水泥与砖之间
高楼与高楼的缝隙里
突然冒出一个新事物
啊，木房子

我们想在木房子的外面
种上丝瓜南瓜葡萄
让它们通通爬上去
覆盖它，占领它，直到
有一天
看不见它

但我们知道
木房子就在那里

电锯、斧头、锤子
把它拆了

我们知道
木房子，就在那里

绿托盘与红西瓜

一个
托盘
盛着几块西瓜

绿色的西瓜皮
完全
隐身于绿色的托盘

托盘
盛着
纯粹的内容
和精神之物

我想起来了

我想起来了，很久了
我写过
乌克兰的春天那样的
一首诗
忘了是
在深夜
还是白天走在人群
忘了
第一句是什么
一首诗总得
有一个开头
使我能写下去
坚持写完
并能使人读下去
不离开
但我记得结尾的两句
真理那样永恒
我说
“他们把自己埋在土里
春天来了
那些野花野草将从缝隙里
冒出来”

我想起了
还在持续的战争
让我想起所有了

城市里的青草之歌

一个穿蓝色衣服的男人
推着割草机
突突突地割着青草

一个穿黄色衣服的男人
拿着大耙子
沙沙沙地耙着青草

一个穿红色衣服的女人
提着大篓子
哗啦啦地收集着青草

文笔塔

塔，立在那儿
有门，并不开
楼上有窗，并不能打开
塔内，并不能潜身登临
塔身覆盖着野草
风雨促使它生长
我们在它下面，围绕着它
转
想象进入它的内部
到达塔顶
我们为什么来这里
我们不说话
想象站在它的顶上
默默地注视着
滚滚东江
向西流去
我们坐在它青苔的底座上
沉默
一个个塔

富士山

我们到达时
一场大雪已覆盖它
我们一整天绕着它的四周转
在惠州的时候，我们指着地图上的一个黑点
热烈地谈论它
现在，静静地注视它
一顶白色的礼帽轻轻地扣在那里

在峨眉山

山够深
够大
云就飘不远
喊一声
跺一脚
它就下来
在峨眉山
山与云是一对恋人
我们行在其中
也不急着下山
雨一阵阵地落下
衣服湿透了
山若隐若现

林中空地

不久
一群黑鸟就发现了这里
在冬日的午后
它们如约光临
落入阳台前的小池
捉虫，戏水，沐浴
发出叽叽叽的声音
拍打翅膀的声音
池子里睡莲花开着，水草微微地摆动着
那细碎之声传过来并召唤我
靠近窗边
藏在纱帘后面
聆听这群突然的造访者
有那么一会儿
我不确定
我在聆听什么
我试探着
其中的一只突然
从中飞起

深冬之夜

北风一阵阵吹着
高的木瓜树把枝干往南边倾斜
矮的桂花、三角梅
它们的花瓣和落叶
往角落里挤
一些声音往门缝里钻
我停下来
去聆听
是什么正在到来
一年中的深冬就要过去
夜晚的街灯已熄灭
劳作一天的人都已休息
月光清凉
人的生活如此简单
跟灵魂一样
伟大

图书在版编目（CIP）数据

悲伤的人不要相遇 / 李麦花著. -- 武汉 : 长江文艺出版社, 2025.6. -- ISBN 978-7-5702-1475-4

Ⅰ. I227

中国国家版本馆 CIP 数据核字第 20259FR032 号

悲伤的人不要相遇

BEI SHANG DE REN BU YAO XIANG YU

责任编辑：谈　骁　　　　责任校对：程华清

封面设计：祁泽娟　　　　责任印制：邱　莉　胡丽平

出版：长江出版传媒 | 长江文艺出版社

地址：武汉市雄楚大街 268 号　　邮编：430070

发行：长江文艺出版社

http://www.cjlap.com

印刷：湖北新华印务有限公司

开本：840 毫米×1110 毫米　1/32　　印张：6.375

版次：2025 年 6 月第 1 版　　2025 年 6 月第 1 次印刷

行数：3800 行

定价：58.00 元
